貓不捉老鼠

蘇善童話詩

蘇善 著

自序／在裡面也在外面

貓抓老鼠？喔不，貓兒，今天不捉老鼠！因為貓兒當學徒，做饅頭，而老鼠君，帶了一個長長的隊伍，要去給國王遞狀子，請求解除禁語令。

所以，貓鼠都有事。

這事兒，關於詩。

話說，〈風饅頭〉本來是一篇長詩，後來改成童話的形式，發表於《國語日報》兒童文藝版，從2012年2月29日連載至3月19日，如今回復原來的敘事詩形式，總共760行；而〈東坡君與西陵君〉，由九個小故事串接起來，合計六千七百多字，也在《國語日報》同一版面刊出，不過，「兒童文藝版」改稱「故事版」，從2015年1月19日起，同年3月30日連載完畢。

這兩個故事，都是筆者熬煉之作。

先說〈東坡君與西陵君〉的企圖吧。

這一篇故事起頭很早，起初並非命名〈東坡君與西陵君〉，梗要卻十分明確，大致是描述兩個老鼠朋友的日常與情誼，寫寫停停，擱置甚久。直到其中的關鍵童詩完成之時，整個故事乍現曙光，也因此有了完整的面貌，也定下篇名。刊登在報紙時，鑲在其中的這一首童詩並未標出詩題，不過，在電腦檔案匣裡，我把它命名為〈在裡面也在外面〉，本來是想拿來獨立發表的一篇詩作。

至於〈風饅頭〉，其風霜似乎較厚。

由於篇幅之限，〈風饅頭〉從敘事長詩改為童話，增刪之際，練筆力練耐力都好。不過，寫作就是這樣，敢於創新，未必能獲得共鳴。長詩，刊登時，有技術上的困難，也怕讓小讀者卻步。偶爾，形式必須讓步，讓內容擅場。

這兩篇創作，醞釀時日，發表，也是歷經寒暑。從此，一起收入《貓不捉老鼠》，長長短短的詩文可以把故事再說一遍，又一遍，再一遍。

凡此種種，都是寫作之路的風景。

投石問路，學學問問，除了執念，仍是執念。

執念使筆，當下，立筆見竿。

這竿兒，是給自己衡量，是要超越自己的能與不能。

然而，編輯成書，這一本《貓不捉老鼠》便有讓形式與內容互相輝映的野心，並列童話與詩，瞧瞧文字可以如何，一搭一唱。

瞧！

詩，在童話裡面，也在童話外面。

而童話，在詩裡面，也在詩外面。

感謝《國語日報》編輯素真小姐，先令故事上場。感謝秀威美成，讓書付印，感謝編輯團隊，著力甚深。

希望這一本《貓不捉老鼠》，裡裡外外，教人不欲釋卷。

就當這一本《貓不捉老鼠》的編輯正式作業之際，傳來〈東坡君與西陵君〉入選《九歌104年童話選》的好消息，這喜訊令人拍掌，更教日日搖筆，爬格致遠！

蘇善　2015年冬日

目錄

一、饅頭

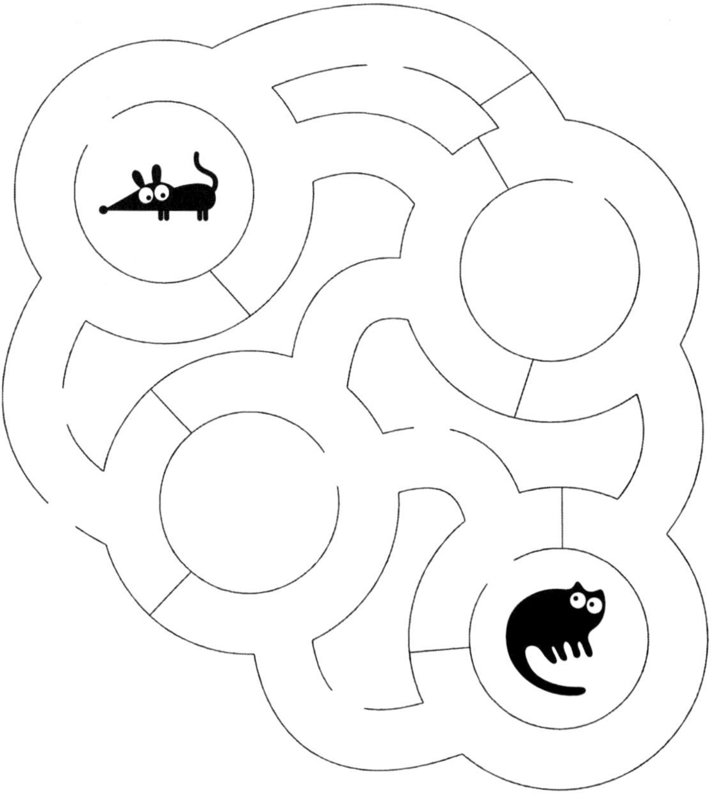

1.

這個海邊的村子很有味道
海的味道
魚的味道
還有，貓師傅的味道
貓師傅的店賣饅頭
是村裡唯一的饅頭鋪
大家吃慣了
那味道就變得跟空氣一樣淡
漸漸聞不到

而且有一種前所未聞的味道來搶新聞
那是村裡新開的一間店
名叫「炸鮮」
不出三天
村民身上都沾了油煙
你聞我，我聞你
全是相同的味道
每張嘴巴一打開
也是相同的味道
而且異口同聲地說好
全說那炸味真是棒得不得了
不論魚蝦蔬果，裹上粉

往熱油裡一滾
金黃酥脆
吃進嘴裡是一整個心花怒放
從此以後
整個村子瀰漫著油香
海味沒了
魚味沒了
當然貓師傅的饅頭也慢慢被遺忘

2.

貓師傅以前老是叨叨唸唸
總說什麼時候一定給自己放一天假
又說他得鐵了心把店門關上
誰來央求都沒用
還說他很想躲進山裡
聞一聞森林

總之
隨便什麼地方都好

只要能安安靜靜歇上一整天
一天就夠了
不然
天天揉麵
連骨頭都快給揉散

可是這會兒
貓師傅被迫閒了下來
因為饅頭越賣越多
直到有一天
半個饅頭也沒賣出去
貓師傅終於想通了

關上店門
休息一天
接著
又休息一天
然後，一天一天過去
貓師傅的饅頭鋪歇業幾天也就算不清了

店歇了
貓師傅反而走不出去
他窩在店內
沒精神
漸漸悶出病來

只有貓徒弟依舊如常作息
他幫師傅打點生活
掃地擦桌椅
三餐也歸他料理

3.

曙光仍藏
貓徒弟已經爬下床
點亮眼裡兩盞微光
可是眼皮頑固抵抗
時吊時放
幸好他摸慣了自己的房
沒有跌跌撞撞

推開房門
走進前廳
貓徒弟摸呀摸
取下掛在牆壁的白色圍裙
圍住肚腹
兩手順著裙邊揪起繫帶拉到腰後
綁上
一個活結瞬間幻化
變成一隻蝴蝶展翼飛翔
拍拍翅
翅拍拍

左繞繞右轉轉
一直黏著貓徒弟不肯放

轉入廚房
貓徒弟拿出左手先把眼蓋兒搗上
關緊了眼窗
因為還有一些瞌睡蟲黏在眼皮上
然後
慢慢地
遲疑地
貓徒弟探出右手兩根手指頭
將燈打亮

擦
一盞燈光乍放
牆角逡巡的鼠兒急忙逃竄
廚房頓時充滿橘黃色朝陽
啊
一聲悶嘆摻著呻吟
貓徒弟攤開兩隻大掌如盾牌
暫時迴避刺眼的亮光
屋外
黑濛濛的暗

屋裡
亮橙橙的暖
屋外靜悄悄的睡
屋裡團團轉的忙
貓徒弟的一天
四季如此
從凌晨四點開始運轉

4.

兩手揪提一袋麵粉
貓徒弟的上臂爆出肌條兩串
為了節省力氣
他用身體幫忙
讓肚子也挺出一片
硬梆梆的腹肌出點力來擋
再拱曲大腿撐起這一袋重量

刷
全倒給愛攪和的機器手
呼
一陣白色煙塵撒出香粉
這是今年麥田裡割下的第一車麥桿
摻著陽光以及風和雨以及泥土香
然後
堆堆疊疊的麥粒被脫去粗殼
然後
擁擁擠擠的細粉被添上柔綿
然後等著
醞釀

發酵
膨脹

美麗的時光化做麵粉
貓徒弟打從心裡喜歡
工作起來也就特別帶勁

揉
揉進專心
揉
揉出希望

貓徒弟全心工作
等一只蒸籠飄散仙界般的雲煙
等一口軟韌盪漾幸福樣的香甜

5.

沒計算日子
貓徒弟跟著師傅揉麵
已經揉了很多年
只曉得
他天天笑著一張臉
兩頰的腮幫子像圓蓬蓬的饅頭
一邊鼓著發酵程度
聞得到麵糰飄香
一邊鼓著心情溫度

看得見快樂盪漾
歲月在工作中細細刻劃
工作在歲月中慢慢流轉
完成
每一天
每一天
貓徒弟把快樂揉進饅頭
不論天氣颳冷吹暖
不管天空興雨布雲
在日子的不同溫度裡
炊出柔軟
蒸出芬芳

一顆顆溫潤飽滿的渾圓
一陣陣牽動味蕾的吸引

6.

貓師傅的饅頭鋪既不大也不寬
卻是恰恰好足夠擺上兩個蒸籠
這一邊用力嗆煙
因為底下大火熊熊
賣力要把麵糰炊熟、吹膨
那一邊緩緩吐氣
因為其中熱氣騰騰
努力不讓溫度洩漏、驟冷

貓師傅的饅頭鋪常常擠得滿滿滿
擠成一幅大眼瞪小眼的景象
大眼是兩個蒸籠一起冒煙
小眼是客人眼睛幾乎一樣的盼望
盼成一種大水淹小涎的折騰
大水在喉頭間
忍不住預想饅頭的香甜
小涎在嘴角邊
怎麼也關不住咬嚼慾念

急歸急
沒人插隊

沒人搶占偶爾脫節的空檔
等歸等
沒人抱怨
沒人不耐而氣呼呼地走人
隊伍的前前後後乾脆順勢話起家常
輪到自己的時候也總是喜孜孜地講：
請給我兩顆饅頭
打包，我好帶去上班
一顆當早餐
一顆等著十點左右拿來解解饞

就像這樣
顧客一個接一個的走了又來
就是這樣
饅頭一簍一籃賣光光
此起彼落是忙著幾個銅板合計好算在心上
貓師傅和貓徒弟一起忙
一個揪饅頭一個拿袋子
裝好了
遞給笑顏綻放的客人

7.

咦？誰來收錢？
貓師傅堅持雙手不碰錢
說這樣才乾淨
因此，貓徒弟想出一個辦法
他在舖子邊角放置三個空罐
大中小
內容不一樣
紙鈔和銅板分開放

有勞顧客們自己丟個準
免得後頭排隊的多等一秒鐘

咦?誰要找零?
(隊伍裡的每雙眼睛都是圓睜睜的亮。)
喔,肯定是第一次光顧饅頭攤
(隊伍裡的每個猜測都是信心滿滿的想。)
瞧,果然那張新面孔就被人盯紅了臉龐
(可不,就是聽說饅頭好吃,才來卡一腳嘛!)
嘿,變成了老顧客就知道得自己備好零錢
(可不,一回生二回熟,三回就當成自己家囉!)

總之
來到貓師傅的饅頭攤
客人不像客人
幾個饅頭幾個銅板
自己數自己算
加加減減
大錢拿出，找回小錢
這次算錯了，下回來補上
沒人占便宜
因為這對貓師徒做老實生意
大家好感動
而且貓師傅的手藝很神奇

簡單樸素的饅頭本來不起眼
到了貓師傅手上
一顆顆都是讓人品嘗幸福的美饌

8.

可惜
世界變了樣
貓師傅的饅頭鋪前面不見長龍

貓徒弟很早就發現
偏偏師傅仍然一如往常
揉呀揉
炊呀炊
端出饅頭等待客人來品嘗

一開始
慣常可見的排伍忽然變短
好多饅頭賣不出去
放冷了
放硬了
還是等不到客人
貓徒弟疑惑不解
心裡急得慌
他趁著空閒
跑到街上左瞧右看
發現一家店卻是熱鬧異常
他好奇地湊上前去

只見一鍋熱油滾騰騰
裡面游著魚蝦蔬果
從粉白到金黃
一起鍋就被搶光光
不耐等的幾乎就要翻臉

貓徒弟發現真相
原來就是這家「炸鮮」拉走客人
悻悻然走回饅頭鋪
貓徒弟沒對師傅說
只是自己悶在心上
整個腦袋都只記得那一味油香

他精神恍惚
還被師傅責怪偷懶

9.

終於真相自己逼近
貓師傅受到打擊
從此鬱鬱寡歡
成天躺著
既不叫太陽起床
也不巴望客人上門
本來挺精神的
忽然就跟生了重病一樣

不行
貓徒弟心裡想
怎能好端端的就這麼生起病來
再說
一個鋪子怎能就這麼放下不管

貓徒弟想了想
以後
村民拿什麼當早餐
嘴饞了
怎麼辦
貓徒弟想得更遠

村民的孩子怎麼辦
村民的孩子的孩子怎麼辦
總不能天天吃炸的
成天油膩膩的一張嘴
怎麼行

貓徒弟心裡很急
可是他是聽話的徒弟
師傅沒交代
他也不敢亂出主意
於是貓徒弟做他該做的
貓徒弟依舊如常作息

他幫師傅打點生活起居
掃地擦桌椅
三餐也歸他料理

可是
這些雜事做久了也會覺得生氣
不能揉麵做饅頭
生活就沒有意義
可是貓徒弟又覺得師傅休息一定有他的道理
師傅畢竟年紀大了
以前賣力工作
每天從早到晚

趁這會兒好好休息
才能繼續為往後的生意拼命

等著吧
貓徒弟告訴自己
明天一定開
就等著
明天一定做饅頭
貓師傅的饅頭啊
從來不會讓人失望的

10.

長龍沒頭也沒尾
貓師傅的饅頭鋪真的關了
於是
猜測在村裡散播開來
儘管大家不再嗜吃饅頭
對於別人的事情還是想要探究一番
有的猜貓師傅生病
有的說貓徒弟變懶惰
說不定他想討門媳婦

偏偏師傅不准
起了干戈
徒弟負氣出走
饅頭鋪的雜活少了年輕人的身手
一時之間就讓老師傅累垮了

說不定
說不定

村民一人想一段戲
要把這些前因後果套上那對師徒
想要弄明白怎麼他們不再繼續做饅頭

猜來猜去
沒個結果
一群村民東拉西扯
仍然沒有著落
世界就是這麼奇妙
饅頭成了唯一的線索

11.

貓徒弟的心情跟著落寞
不做饅頭的日子
他可以熬過一天
再多一天也行
可是，第三天之後就開始變成折磨

怎麼辦
怎麼辦

貓徒弟眼前開始出現幻象
客人的腳步在地上磨磨蹭蹭
全心等待饅頭出籠
貓師傅的饅頭鋪一如往昔
熱氣滾嗆嗆
饅頭香噴噴

也幸好有這個夢想支撐希望
貓徒弟要讓自己維持活動

白天走了
黑夜也待不長

左一天右一天
白天又短了一點
熱一天冷一天
雨又少了點
晴一天陰一天
陽光總算多了點

貓師傅躺在床上
不願看見世界的臉
貓徒弟只好幫他遮上窗簾

12.

貓徒弟逼著自己
趕緊想想
究竟怎麼回事
能不能釐清什麼道理

若不能怪顧客移情別戀
是饅頭不再好吃嗎
若客人戒掉嘴饞的習慣

他們一定也會對自己的決心覺得滿意吧
那麼，肯定是饅頭不夠誘人

怪別人最容易
所以是「炸鮮」搶走大家的賞味鼻
漸漸變成潮流
不吃就變成公敵
所以小小的一個海邊村子炸味四溢
這頭那頭
左邊右邊
全是賣炸物的商家
相差無幾

如果將鏡頭拉遠
貓師傅的饅頭鋪只是一個小店面
它的位置好像銀河裡的一顆星
座落在一條長街裡
大部分時候它實在不起眼
只有師徒一起張羅
多虧老顧客體恤
一直用慢吞吞的步調經營小生意

一直以來
貓師傅的饅頭鋪自行其道
幾乎忽略了長街的發展

忽然間
安靜的街道活力奔放
自從第一家「炸鮮」進駐
同樣形態的賣家紛紛來爭搶生意
很快地，整條街油味四竄
炸魚炸蝦炸長炸短炸鹹炸甜炸圓炸圈
單單是炸雞肉，雞塊、雞柳、雞排
大大小小任君挑選
還有號稱巨無霸的超級雞排據說大得像臉盆
照樣迅速賣光
沒人懷疑

13.

整條街撥著一樣的算盤
這邊那邊
都打出自家最驕傲的「炸物賞」
左邊右邊
都變成彼此的競爭對手
隔壁對面
都在偷偷計算別人的進帳
誰賺了更多錢

這一條街
說長不長
卻也夠你來回逛到喊腳痠
看過來
炸物成堆，油味纏綿
看過去
吱吱爆響，煙霧瀰漫
停駐腳步
左顧右盼
這裡賣炸丸子，那裡在賣炸豆腐串
張大眼睛
仔細核計

這裡買二送一，那裡大人付賬
小孩的份兒就不用給錢

整條街
說吵不吵
每一聲吆喝都像在比大嗓
來喔！來喔！
我的油最乾淨
炸得那薯條白白淨淨
棒的！棒的！
我的炸雞最酥脆
咬得你嘴巴裡喀滋喀滋響

讚啦！讚啦！
我的香菇最健康
吃得你身材苗條腸胃而且沒負擔

整條街
人來人往
好像一個遊樂園
入夜之後
霓虹燈五顏六色比閃亮
從此大家都叫它「炸天堂」

14.

貓徒弟其實知道
這「炸天堂」的形成不是一兩天
認真說起來
鼻子靈敏的貓徒弟早就聞到炸麵糰
若要更認真說起來
還真有些感傷
貓徒弟的麵糰是麥子在陽光下徜徉
散發大地的吞吐氣息
記錄季節的溫度、濕度

累積歲月的深度、厚度
跟著貓徒弟的節奏
那麵糰展現自然的能量
可是再也沒有
靈敏的鼻子聞得見自然的芬芳

貓徒弟覺得驕傲的
是他把自己置身麥田
用全身的感官去體會麵粉的內涵
一把抓起來
搓搓揉揉
估計那粉末喜歡怎樣的手勁

一把捧起來
嗅嗅聞聞
斟酌那香味需要怎樣的壓擀

當然貓徒弟最感驕傲的
是他讓自己慢慢變成行家
用全部的生命去揉製饅頭的份量
那份量恰好展現自己的手藝
不會太炫耀
那份量恰好滿足顧客的挑剔
天天吃也不覺膩

可是

速食的味蕾變得遲鈍

15.

一開始
貓徒弟不以為意
滿街的炸物隨他去
但是貓徒弟沒料到衝擊掃到自己
直到
饅頭開始沒有全部賣出去
起先
狀況零零散散出現
四五天一次

然後一星期裡有兩次
起先
程度也是點點滴滴匯聚
饅頭剩了半籃
然後是一簍沒有賣光

好吧
剩下的饅頭可以放冰箱
貓師傅和貓徒弟拿來當成三餐或點心
漸漸的
連冰箱也爆滿
師徒倆怎麼也吃不完

好吧
沒有賣出的饅頭可以送人
貓徒弟把饅頭送給附近
育幼院、獨居老人，還有碰巧遇見的流浪漢
漸漸的
貓徒弟變成大善人
除了手藝
大家都稱讚貓師傅和貓徒弟有副好心腸

16.

如此演變怎是樂見
如果饅頭要拿來送人
貓徒弟寧願多做一些
不怕手臂痠
因為饅頭代表一種生活的重量
少賣幾顆，會折損貓徒弟的自信
多剩幾顆，是給貓徒弟的手藝扣分
貓徒弟只有一個希望：
饅頭每天賣光光

貓師傅從未想過
饅頭竟然賣不完
他漸漸變得心灰意冷
想不出任何方法來應變
因此狠心決定暫時打烊
他蒙頭大睡
不理會外頭的世界
他故做聾啞
不回應外頭的傳言

暫時就這樣吧
一天過一天

可是貓徒弟不想這樣
貓徒弟也不想面對村民的詢問
於是，他顛倒晨昏
趁著整條街最熱鬧的時候
他混入人群
觀察那些炸物的花樣與銷量
他晝伏夜出
因為害怕熱情的抱怨
趁著整條街最安靜的時候
貓徒弟走向港邊
思考自己與饅頭的命運

17.

曙光仍藏
貓徒弟依著習慣爬下床
點燃眼裡兩盞幾乎就要熄滅的微光
一如往常
他身手俐落
推開房門
走進前廳
貓徒弟摸下掛在牆壁的白色圍裙
圍住肚腹

頓時像被潑了冰水
瞬間清醒

他想起來了
饅頭鋪已經久未開張
師傅還病懨懨躺在床上
偏偏揉麵的衝動依舊存在他的骨子裡
貓徒弟忽然發狂

可惡！

貓徒弟的怒氣猛然爆發
他張牙舞爪
想要倒掉所有壓積的壞情緒
卻是只能氣咻咻扯下圍裙
什麼饅頭
誰要吃呀
什麼饅頭
誰來買啊
你瞧瞧，滿街的炸物
每一攤都擠滿人
你聞聞，滿街的油煙
每個人都愛得很

他氣咻咻
衝向大門
衝向街道
衝向港邊

18.

凌晨的港邊
海浪輕晃
世界安安靜靜
好像被黑暗催了眠
就連漁船也還在睡夢裡
要等睡飽了、睡足了
才好陪著捕魚郎航向大洋
撒下一把大網
日復一日

乘風破浪
每天享受著快樂的勞動

勞動！

是啊，貓徒弟一直好喜歡勞動
饅頭是他的生命
他用雙手將活力揉進麵糰
他用麵糰將歲月揉出采光
每一顆圓渾渾的饅頭就是他的夢想
每一個顧客喜孜孜的嘖舌就是他的力量

然而饅頭被炸物打敗
滿街的油味掩蓋小麥的清香
此時此刻
他與黑暗為伴
他滿心徬徨
無法為饅頭舖找到繼續前進的方向
此情此景
好像貓徒弟的處境
他等待曙光指引
他滿心期盼
需要一顆火種點燃繼續奮鬥的能量

19.

晨曦露了臉
狗警衛先來巡港
他藏聲匿跡
還不想打破寧靜

昨夜倒臥路邊的流浪犬趕緊換床
不想和警衛打照面
而且，能多睡幾刻鐘都好
反正也沒有自己的床

漁船陸續離港
嘟嘟、嗆嗆
嘟嘟、嗆嗆

漁船都出了港
海面又拉平波浪
四方仍然沈睡
街道那頭卻響起一陣劈劈啪啪聲響
貓徒弟急忙起身
想要找個地方藏

來不及！

狐狸大嬸早把貓徒弟黏在視線上
好像釣線鉤住了魚
開始一場拉鋸

對望一下
你在那裡
互瞄一下
你還在那裡
然後，不遲不快不偏不倚
兩人的目光恰恰接觸

有種感覺很不可思議
貓徒弟心裡被點燃一盞火花
哧哧、擦擦
哧哧、擦擦

20.

狐狸大嬸的腳步沒停
似乎也不想湊近貓徒弟
她逕自走向港邊的小廣場
那兒站著兩組曬衣架
橫竿上掛著一些黑影
動也不動

定睛一看
貓徒弟確認那是昨天捕獲的

曬了一晚的魚乾
肉身依然飽滿
油腥尚未招引蒼蠅

吸鼻一聞
貓徒弟驚訝那是海風輕柔的撫摸
薄鹽引出淡香
海味豐富想像

對了！
對了！

貓徒弟忍著歡呼
猛然起身
他像百米選手
鼓足衝勁
在港邊跑了好幾圈

貓徒弟顧不得臉紅
他衝過去拉住狐狸大嬸的雙手
一個蓬頭把感激點個沒完

就是這樣！
就是這樣！

貓徒弟衝回街道
全身帶勁
衝回饅頭鋪
衝進廚房

把燈打亮
把希望打亮
把圍裙穿上
把力量穿上
貓徒弟決心讓饅頭鋪再度熱烘烘

屋外黑濛濛的暗
屋裡亮橙橙的暖
屋外靜悄悄的睡
屋裡團團轉的忙
貓徒弟的一天
四季如此
此刻起
凌晨四點重新運轉

21.

兩手揪提一袋麵粉
貓徒弟的上臂爆出肌條兩串
久未操練的動作沒有疏漏任何一環
不出片刻
一個圓潤潤的麵糰已經揉好

找了一只蒸籠放上
找了一片濕棉布蓋上
貓徒弟捧著蒸籠跑出門

跑向街道跑向港口
他在堤邊找了一處平台
將蒸籃擱上
他也給自己找了另一處
讓自己歇喘

等著

閉上眼睛
貓徒弟感覺海風拂面
打開想像
麵糰裡的力量緩緩舒放

等著

時光倒轉
一切情緒頓時潮湧而來
灰心、憂慮、頹喪、怯懦
是自己拋棄所有可能
是自己逃避
讓自己跌進更黑暗的深淵

等著

睜開眼睛
貓徒弟不禁淚流滿面
打開心窗
期待麵糰裡的精靈再度將魔法施展

等著

盯住麵糰
再給三秒鐘
憑著判斷，貓徒弟起身預備
最後一秒快閃的同時
貓徒弟捧起蒸籃奔跑

衝向街道
衝向家門
衝向廚房

貓徒弟迅速將麵糰捏成小塊
搓了搓，揉了揉
恰好裝成兩個蒸籠
爐裡起火
鍋中燒水
籠內快蒸

耐住性子
再等一刻鐘

貓徒弟趁著空檔打掃饅頭舖
東抹西擦
將心裡的塵垢一併清除
挪東移西
將腦中的思緒一併整理
今天先賣這兩籠
行不行
再看看
（如果……）

貓徒弟的心裡準備容納更多狀況
（那麼……）
貓徒弟的腦中開始設想各種可能

22.

貓徒弟讓饅頭舖靜悄悄地重新開張
整條街空蕩蕩
炸物天堂還沒醒
只有早出門的三三兩兩
兩眼看似不見
也還沒想到買什麼當早餐
站在饅頭舖內等客人，貓徒弟心裡想：
待會兒一定要趁著空檔
給師傅送上新口味的饅頭，讓他評一評

整條街黏滑滑的
被夜露洗過一遍
嗆鼻的油味似乎淡了點
只有趕著出門的急急忙忙
兩腳如滑輪奔向忙碌的行程

貓徒弟敞開心門
迎接第一個客人
不管是誰
不管他什麼時候上門
只要讓村民都知道
貓師傅的饅頭鋪又開了門

忽然想起什麼似的
貓徒弟找來紅紙，小小一張
他用顫抖的手寫上：

風饅頭
歡迎品嘗

二、東坡君與西陵君

1. 禁語令

鼠國換了新國王，王子即位，氣象一新。不久，新國王頒布一道命令：不准說話。

傳令隊負責布達，從京城開始，一路向南。

這一天，日近昏黃，傳令隊抵達國境邊上，這兒，恰有一座小山，山腳下，住著一對好朋友，一個在東一個在西，遙遙相望。

「國王有令！」傳令隊的隊長敞開喉嚨，高聲地唸：

凡彼良民，朕愛爾等。
為使朕安，昌隆國運。
即日禁語，肅清春秋。
天下寧靖，長長久久。

宣讀完畢，照例允許發問，因為每一個國王都喜歡把話說得拐拐又彎彎。

所以，傳令隊長就是翻譯官，把深奧的話用明明白白的字講一講。

不准說話。

就是這麼簡單。

隊長轉著眼珠，左看看，右看看，眼前良民正好兩名，提問吧！

沒有回應。

都懂？

「國王御令！立刻執行！」隊長垂眼，再瞄了一次。

兩名良民只是睜大眼睛。

沒有問題？

靜默。

就當是沒有問題囉！

傳令隊長樂於收聲，早早回返，雖然鼠國不算太大，一整天扯開嗓子說話，也是挺累的。

於是，傳令隊掉頭，差事辦完了。

傳令隊漸行漸遠。

山腳下這兩隻老鼠方才開始小聲談論。

「我說，東坡君呀，咱們這位新國王真愛搞怪！」

「怎麼說呢？西陵君？」

「聽說啊，新國王年紀輕輕的，左右大臣不放心，天天上奏，說個沒完，惹得新國王厭煩，不想讓老臣整日嘮嘮叨叨，乾脆就下了這一道命令。」

「原來如此……」

「不說話，行嗎？咱們這兒偏遠，大官沒空來查吧？不過，咱們也不想惹禍上身吧？」

「不想！」

「所以咱們得把未來的話先聊一聊！」

未來的話？東坡君歪著頭想了想。

「可是……我不知道未來的自己會說什麼呀……」東坡君老實講。

「隨便想、隨便講啦，不然，世事難料啊！」

「好吧……」

於是，兩隻老鼠開始東拉西扯，說個沒完，你一言我一語，有問有答，句子串句子，就這麼從黃昏講到夜半，甚至忘了晚餐。

2. 喔、嗨、唷

不准說話，是不是什麼事都做不成？

怎麼可能！

兩隻老鼠可聰明哪，想出一個方法應變。

這對好朋友就住在國境之南的山腳下，一個在東，一個在西，向來以「東坡君」和「西陵君」互稱，雖然不是常常互串門子，總愛一起往山間流連。

這一天，微風徐徐，陽光柔嬌，按照慣例，理該往山中寫生去。

於是，兩隻老鼠各自揹起畫具，不約而同地抵達山徑入口。

漂亮！

兩個朋友互望，眼睛發光，意思是：天氣好清朗！

真的！

睜大眼睛，他們瞧著對方，點點頭，對彼此的默契都感到滿意。

東坡君和西陵君沒有對話，一前一後，踏上山徑。

這一條山徑，照例沒有旅客，向來不被打擾的林木依舊勃勃生長，粗細不一的樹幹訴說歲月的寬度，至於長度啊，兩個老鼠朋友從未探究，只記得某日忽然遇見對方，一起愛上這座山，也因為喜愛寧靜，各自選了山腳一隅，住下了，有伴，也享受孤單。

日子似乎一直這樣，變也不變。

友誼濃濃又淡淡。

山裡寫生便是這對朋友共同的興趣，只是取材略有不同。

東坡君喜畫植物，西陵君擅描動物。

進入林中，有一處空曠恰好提供寫生地點，於是，挑了角度，拿出用具，坐下，專心。

似乎森林也開始專心，安安靜靜的，連風兒都沒打鼾。

有幾縷陽光從高高的樹梢撒下來，光線之間突然彈跳，這絲切了，那條又斷。

東坡君發現了。

凝神注目，東坡君有所領略，卻不能直說，於是他做出嘴型，彷彿在說：「喔！」

立即摀口！

東坡君想起國王的禁語令。

幸好，西陵君懂了，他點點頭，西陵君張大嘴巴，有如回答：「嗨！」

東坡君見狀，樂了！原來這樣也能溝通！他在心裡對自己解釋：噘起嘴，不停點頭，沒錯，一定是說：「唷！」

於是，無言的對話開啟，攀的、爬的、溜的、懸的、掛的、藏的，都被發現了，驚嘆和讚美被歸納成幾個字，感情移入畫面，做了最鮮明的描述，畫取代話，而且敘述得更加生動。

沒有過多的形容，也就避掉加油添醋的麻煩，所有感動都能化做一字驚嘆，不管是「喔」、是「嗨」或者是「唷」，眼睛和嘴巴和臉部表情，把一瞬間的情緒濃縮，東坡君覺得舒暢，西陵君也覺得沒有什麼被漏講了。

於是，這一日的寫生，看似寂寥，其實五感流通，整個身軀浸浴森林，那奇妙啊，超越語言，真得感謝國王的禁語令哪！

3. 嘖、嘖、嘖

不說話，還是能吃東西。
西陵君對吃不是不挑剔，他更喜歡新奇。
這得需要勇氣，吃東西不像說話，話說錯了，收回，只要對方不在意；吃東西可不行，吃了就是吞了，吃錯了，受罪的可是自己的身體。
所以，西陵君喜歡下廚，照著自己的想像料理，味覺做好準備，差別應該只有毫釐。漸漸地，西陵君練出好手藝，自己吃得高興，跟著受益的，當然是鄰居。

這一回，他挑了馬鈴薯，翻新食譜，想讓東坡君嘗嘗他的心意。

東坡君應邀叩門，而且帶了伴手禮。

「噴！」

才開門，東坡君不由得發出囈語。

西陵君立刻會意，推想必是自己準備的料理散發誘人香氣。

進了門，餐具已經就緒，兩把椅子分據兩頭，中間就是一張桌子，上面擺了吃的東西。

全是吃的東西，其實只有一種材料：馬鈴薯。

可這……不能說。

西陵君盯著鄰居，擔心被識破把戲，這時候，國王的禁語令當真幫上大忙了，省下解釋，直接吃東西，就讓味蕾來挑剔。

「嘖嘖！」東坡君的舌頭連彈了兩次，發聲似乎比一個字來得用力，

對了！聲音強度可以區分差異！

兩個朋友亮了眼睛，對了頻率，不說話果然不要緊，舌頭似乎自己能夠發聲。

嘖嘖嘖！嘖！嘖嘖！

東坡君又嘗了其他的，發出不同強度的評「語」，西陵君一一記在心裡，他知道哪一個嘗試可行，以及哪一個配方需要調整，他甚至已經想到該添些什麼材料進去。

最後，幾乎盤盤見底。

東坡君吃飽了，再也沒有力氣發出任何聲音。

應該道別了。

於是，東坡君起身。才從椅子上站立，東坡君忽然全身鼓脹像充了氣，兩片嘴唇顫動，就是想說點什麼來表情達意，可這時候不能再說「嘖」啊！

該說什麼呢？

要形容哪種感覺呢？

東坡君忽然沒了主意，嘴巴張開一半又閉起，可就在那一剎那，吞了空氣，灌入全身，忽然四肢晃抖，一整個屋子也被波及。

噗——

那是……那是好長的一個響屁！
西陵君掩嘴藏笑，只有他知道：那是馬鈴薯的把戲。
東坡君臉頰紅通通的，差點羞死哩！

4. 迴音

日子一天一天過去，不能說話漸漸不要緊了。

但是，並非所有的話語都能被吞回去，溜到嘴邊的時候，必須有一股更強大、更厲害的能量把它壓回去。

所以，東坡君跑步。

遇到很想講話的時候，東坡君會跑進山裡，吼個幾聲，嚇了誰也就不管哩。總之，憋著一口氣慢慢傷害身體，叫一叫，比較舒暢，更奇妙的是，山，收音又迴音，那轉音變得神祕，明明是自己嘴裡吐出去的，聽進自己耳朵裡，竟然陌生無比，似乎又多了一些涵意。

什麼呢？東坡君決定聽個仔細。

東坡君朝山裡又喊了一聲，接著，屏息聆聽，啊……

啊……東坡君似乎聽出那麼一點點卻又不太確定。

嗯，多試幾次！

隔天清晨，東坡君再度跑向山裡，才到山口，忽然傳來一聲淒厲。

聲音是西陵君發出的。

東坡君立即改向，轉往朋友家，一探究竟。

西陵君兩眼空洞，就坐在屋前。

東坡君心口砰砰跳，不知從何幫起，想給一點慰問，卻只能抓手、抓頭，就是抓不到想說的話語！

更麻煩的是，重要時刻，怎麼想不到半個感嘆詞呢？

不能說出口，腦袋裡至少會無聲的思「響」吧？

除了眼睛詢問，別無他法。

拍拍背也許不錯。

東坡君只好湊近，拍拍西陵君的肩頭，望進那兩隻無神的眼睛，東坡君突然心生一策！

「啊！啊！」

有辦法！有辦法！東坡君高興地跳上跳下，他參透迴音的祕密啦！

讓話語自己出聲！

於是，東坡君拉起西陵君跑向山口，自己先對著山裡的薄霧喊去：「啊！」

等了一下子，那邊轉過來的聲音似在悠悠地說：「惡……噩……」

雖然話語拉長了尾巴，卻是清清楚楚哪！

西陵君蹦起身子，眼睛睜大，被嚇醒啦？

「話」自己說話！

東坡君用力點頭，希望西陵君能懂？

西陵君皺眉。

東坡君作勢示範，吸氣……吼！

西陵君似乎領略一些，接著也朝山間晨霧吼出一聲：「啊！」

因為太久沒說話了，西陵君這一聲的內容很複雜，坎坎坷坷的，迴音卻只有一聲雷似的嘈雜。

這聲音破了，破出什麼道理來呢？

垂下肩膀，西陵君壓扁嘴巴。

東坡君拍拍西陵君的肩膀，意思是：「明日一早再來試試！」

嗯！西陵君點點頭。

兩個朋友各自回家，腦袋裡繞著同一個想法：

「不能再憋啦……」

5. 詩「話」

早上，東坡君照例摸東摸西，出門之前的空隙，
坐在桌前，寫些東西。

練練筆。

東坡君臨帖習字，斷斷續續的，沒要疊紙幾張，
不為疊出書寫功力，就是靜下來，把身體挺起，
身、心、靈抓成一直線，似乎腦袋裡的想法也會自動
落下。

而且是源源本本，掉成一句一句。

那時候，趕緊運筆！

東坡君因此攢了一些詩句。

是詩嗎？他想：就這麼寫下，是不是？再說吧。

而這個晨間，一支筆拿起來挺重的。

東坡君才將腕力使上，突然失神……

似乎僅僅轉瞬之間，紙上竟然一片黑壓壓。

怎麼回事？東坡君看見自己的手還握得緊緊的……筆桿發燙！

啊！一道戰慄讓東坡君倏地站起，連尾巴也衝得直直的。

退後幾步，再慢慢趨近，東坡君瞧見紙上有句子長長短短，乍看是一首詩！

詩在外面
睜開眼睛
打開鼻子
撥開耳朵
詩，是一座祕密花園

詩在裡面
閤上眼睛
閉上嘴巴
關上耳朵
詩，悄悄走進森林探險

詩在裡面也在外面
有時不說
讓念頭擱著
翻頁順著一條河
流進枕頭

一覺醒來
世界就會嚷著
詩，在日子裡躲呀躲
詩，喜歡從夢裡跑出來
拉起嘴角唱唱歌

天啊，這麼棒的詩！是誰寫的呢？

東坡君四處張望，眼見這屋子裡只有自己啊，況且，他剛剛真的坐在桌前，不會錯的！不會錯的！這詩，真的是他寫的！

可是，此刻腦袋卻是空空的？完全沒有絞盡腦汁的疼痛？甚至無比輕鬆！

東坡君想起以前學詩，總要抓破頭皮才能得到一句哪，更別說是一首了。所以，眼前這麼一首是自己寫成的？需要修改嗎？

唸唸看！

啊！

禁語令！

不能唸！

東坡君急得甩尾巴。

詩啊詩，大聲朗讀，才能唸出詩的韻味呀！

不行！不行！

禁語令一定得收回去！

6. 夢「話」

東坡君急忙捧起詩作，氣呼呼跑出門。

喘著，喘著，東坡君跑向西邊，望見西陵君的家，一間屋子怪模怪樣，幾乎是蓬頭散髮的，脫了窗。

東坡君頓時把所有怒氣收著，先瞧瞧鄰居是否無恙。

屋頂被掀開了不說，內部陳設全都糊了，這個倒在那個上頭，大的垮了，小的碎了，長的壓牆，橫的滾來滾去，紊亂之中只剩下半個角落讓了出來。

西陵君呢？

縮在角落裡的西陵君也顯得凌散，裹著被子，裹著恐懼。

那一雙布滿血絲的眼睛充滿情節！

東坡君趕緊扯下日曆本，找支筆，開始讓西陵君畫「話」。

一張又一張，幾乎把剩下半年厚度的日曆都撕光。

一隻鬼，兩隻，三隻，都一樣，面目同樣猙獰，差別在於大大小小的，如同盤據夢裡的位置，有的遠、有的近。

懂了！西陵君原來是被夢魘纏住了。

啪！東坡君立刻衝出門。

衝回家。

抓起自己家裡的白紙和墨筆，東坡君很快又回到鄰居身邊。推推拉拉，東坡君把屋內稍微整理一番，搬了桌椅，鋪了一大張紙，放上筆，扶起西陵君，扶著他端坐下來，像詩「話」，他要讓西陵君的「夢」說話。

等著。

西陵君愣愣的。

等著。

有動作了！

西陵君愣愣的拿起筆。

筆觸落下！

畫畫。

一隻超大的鬼，抵著邊界。

紙張好像是腦袋，也像是世界，那隻沒有表情的鬼全身擋住，前前後後就只有牠，沒有縫隙可以裝誰。肚子！

對了，只剩大大的中空開始填充。

越來越小的百鬼疊呀疊，小的被吃了，吃更小隻的。

畫呀畫，「話」接著「話」。

奇妙的是，西陵君漸漸恢復感覺，臉上的肌肉柔軟了，頭能動了，腳能屈能伸，嘴皮隱約抽動，跟著筆，西陵君沉默地畫出夢「話」，畫出這些日子以來讓他睡不安寢的故事，拉拉扯扯的，從頭到尾！

最後，西陵君在最裡面、最小的鬼肚子上寫下一行字：

夢要解。

是了，又是指向禁語令！

東坡君下定決心。

走一趟！

東坡君拉起西陵君，各自捧著自己的「話」，出了門，一路朝向皇宮。

7. 話展

一路上，東坡君和西陵君並未引起騷動，即便有，也沒能和誰攀談。

走呀走，東坡君偶爾舉起手上的詩「話」，心裡盤算：如何讓它發揮作用？

西陵君的夢「話」看來恐怖，卻引來較多關注眼神。

走呀走，多了幾個捧著「話」的。

日常的「話」，跳躍紙上！

賣菜的「話」是一棵蔥，半綠半黃；賣蛋的

「話」是一個空籃，母雞小小的，窩在樹上。
很快地，五、六個捧著「話」的帶出一行
「話」，然後，又一行接上，就這麼斷斷續續前進，
越來越多的腳步滾出越來越高的塵煙。
大家捧著自己畫出來的「話」，跟在東坡君和西
陵君後面，一路朝向皇宮。
東坡君心裡覺得篤定，顯然大家都贊成這個行動。
等國王見著了，應該什麼話都不必講了吧！
走呀走。
靜悄悄的行伍其實吵吵嚷嚷，好多紙張嘶嘶響。
不久，皇宮就在眼前。
城牆上的衛兵老遠就看見了，不通報怎麼行！

一層又一層，快報上呈國王，而國王正打著盹。

國王心情提振，總算有點新鮮事兒來管一管。

於是，國王立刻親上垛牆。

哇！

有意思！這是「話」展嘛！

那些高舉的「話」各式各樣，幾乎含括大大小小的營生，裡裡外外的事物，長長短短的抱怨，形形色色的煩惱。有的「話」粗，有的「話」細。彎的，看來委婉；直的，應該不想隱瞞厭倦。總之，沒有一張漂漂亮亮的「話」是畫著星星、月亮或太陽，因為，誰都知道那些屬於雅興，有空、有閒、有心情，才能好好欣賞。但是，身在鼠國，儘管風光無奇，生活還

算小康，來去自由，怎麼可以慜到連一個屁都得忍

呀忍！

所以，國王懂了吧？

東坡君和西陵君站在隊伍最前線。

等著。

等著開竅的國王收回禁令。

8. 真話

誰都知道新國王面子很薄。

所以，誰也不敢率先提出什麼主張。

等了半天。

東坡君不等了！他盯著自己的詩「話」，開口唸。

其實，東坡君全無把握，那麼久未曾振動聲帶了，抑、揚、頓、挫能不能抓得準？

詩在外面

睜開眼睛

打開鼻子
撥開耳朵
詩，是一座祕密花園

果然啞啞的！東坡君自己也聽見了：聲音破了洞。
時間暫停！
東坡君有點慌，幸好西陵君適時拍了拍他的肩膀，注入友情的力量。
這時候，要是有一口甘霖潤喉更棒！
可是，臨時起意的行動，誰也沒準備什麼水、什麼糧！
東坡君的心微微一沉，深怕大事就壞在自己身上。

忽然，隊伍中遞出一顆蘋果，模樣青澀。這也難怪了，不能跟果樹說說話，怎麼會有甜蜜的果實呢？瘦巴巴的青蘋果正是果農的真「話」。

但是，一顆青蘋果此刻被遞了上來，做啥？

東坡君毫無猶豫，他接過蘋果，啃！

是了，裡頭僅有的少少的汁液幫上大忙。

只見東坡君臉上一陣白、一陣暈，他啃得起勁，彷彿看見孤單的果樹默默結籽，每一顆都是「心」酸。

懂了！

大家都懂了！東坡君嘴裡是滿滿的真「話」，等待咀嚼，等待被聆聽。

東坡君抹抹嘴，他的眼睛射出光芒。
時間再度行進。
嘗過蘋果的滋味，東坡君拉長頸子，繼續唸。

詩在裡面
闔上眼睛
閉上嘴巴
關上耳朵
詩，悄悄走進森林探險

喉嚨打開了。

東坡君慢慢加重力道，挺起上半身，感情再放三分。他還是沒敢抬頭，不然他會看見國王臉上並無怒瞋，甚至還很專注的，豎起了耳尖。

西陵君則是轉頭看著身後隊伍，哇！個個聽得入神！

何等美妙啊！

「話」可以說成這樣！

隊伍中，騷動著無聲的疑問與驚嘆。

雖然禁語已久，鼠國老老少少從來沒有聽過這樣的「話」哪！

9. 唱的，比說的好聽

繼續唸詩。

東坡君轉身，他給西陵君使了眼色，意思是：豁出去了！

西陵君報以勉勵的目光。

於是，東坡君鼓起胸膛，加注十分勇氣。

詩在裡面也在外面
有時不說
讓念頭擱著

翻頁順著一條河
流進枕頭

東坡君唸出感情來了！

西陵君頻頻點頭，是啊，他自己的念頭就是這麼擱呀擱的，難怪夢那麼長！難怪夢裡的鬼越來越多！

彷彿感應到西陵君的想法，東坡君的聲音越來越激動。

一覺醒來
世界就會嚷著
詩，在日子裡躲呀躲

詩，喜歡從夢裡跑出來
拉起嘴角唱唱歌

啪！啪！啪！西陵君臉上漾起笑意，用力拍掌。
「對！對！夢要講！夢要唱！」西陵君用力點頭，心裡想著。
這是西陵君掏自肺腑的傷觸。
一起豁出去吧！
於是，西陵君也拉開嗓子嚷嚷，他舉高自己的夢「話」，開始叨叨敘述夢境。
霎時，真「話」一起衝出嘴巴。
所有嘴巴一起講「話」。

可是，真的「話」亂了場面，聲音淹沒聲音，沒有一句聽得清楚，可是，每一句都被聽見了。

誰也不管國王的反應。

大家滔滔不絕地把自己的「話」講了又講。

國王心慌了，他發覺禁語令的確違反自然！不說話，其實自己也悶得很不舒服，問題是：怎麼收場？一國之君，認錯也得護住顏面！問題是：全國臣民這會兒都在盯著，怎麼做才漂亮？

這份猶豫被一個機伶的老臣發現。

老臣立即命令吹號，壓制所有發言。

「國王有令，唱的，比說的好聽，禁語令即刻廢除。」老臣自作主張，他挑起眉，又說：「大膽小民，你來示範！」
　誰？
　西陵君心裡有數。
　國王翹起下巴，等著。意思是：傳朕旨意，如朕
親言。
　牆下目光不約而同集中，聚焦！
　所有時間和空間頓時全讓給了東坡君。
　西陵君暗自緊張，沒……沒聽過這位鄰居唱歌
呀……
　只見東坡君微微哈腰，未露驚惶。接著，東坡君
噘起嘴巴，他亮了嗓！
　啊……

「唱」詩啦……

全場凝神。

原來，東坡君急中生智，他把詩「話」套上森林的迴音曲調，放鬆心情，他為自己想像了一片清幽，對著神祕獻出歌聲。

而國王以為：這是奉令。

東坡君的詩「話」變成詩「歌」，順利解除了禁語令，沒把國王惹惱，也沒讓世界變吵。

總之，東坡君和西陵君返回山腳，照樣往山裡跑。

這一對朋友，交集不多不少，往往一聊累了，就會玩起比手畫腳，偶爾也會禁語一天，當做遊戲，考驗默契也挺好。

兒童文學16　PG1507

貓不捉老鼠
——蘇善童話詩

作者／蘇　善
責任編輯／林千惠
圖文排版／楊家齊、周好靜
封面設計／楊廣榕
出版策劃／秀威少年
製作發行／秀威資訊科技股份有限公司
114 台北市內湖區瑞光路76巷65號1樓
電話：+886-2-2796-3638
傳真：+886-2-2796-1377
服務信箱：service@showwe.com.tw
http://www.showwe.com.tw

郵政劃撥／19563868
戶名：秀威資訊科技股份有限公司
展售門市／國家書店【松江門市】
104 台北市中山區松江路209號1樓
電話：+886-2-2518-0207
傳真：+886-2-2518-0778

網路訂購／秀威網路書店：http://www.bodbooks.com.tw
國家網路書店：http://www.govbooks.com.tw
法律顧問／毛國樑　律師

總經銷／聯寶國際文化事業有限公司
221新北市汐止區康寧街169巷27號8樓
電話：+886-2-2695-4083
傳真：+886-2-2695-4087

出版日期／2016年4月　BOD一版　**定價**／250元
ISBN／978-986-5731-49-6

秀威少年
SHOWWE YOUNG

國家圖書館出版品預行編目

貓不捉老鼠 : 蘇善童話詩 / 蘇善作. -- 一版. -- 臺北市 :
秀威少年, 2016.04
面； 公分
ISBN 978-986-5731-49-6(平裝)

859.6 105003347

讀者回函卡

感謝您購買本書，為提升服務品質，請填妥以下資料，將讀者回函卡直接寄回或傳真本公司，收到您的寶貴意見後，我們會收藏記錄及檢討，謝謝！如您需要了解本公司最新出版書目、購書優惠或企劃活動，歡迎您上網查詢或下載相關資料：http:// www.showwe.com.tw

您購買的書名：________________________________

出生日期：________年________月________日

學歷：□高中（含）以下　□大專　□研究所（含）以上

職業：□製造業　□金融業　□資訊業　□軍警　□傳播業　□自由業

□服務業　□公務員　□教職　□學生　□家管　□其它_____

購書地點：□網路書店　□實體書店　□書展　□郵購　□贈閱　□其他

您從何得知本書的消息？

□網路書店　□實體書店　□網路搜尋　□電子報　□書訊　□雜誌

□傳播媒體　□親友推薦　□網站推薦　□部落格　□其他__________

您對本書的評價：（請填代號　1.非常滿意　2.滿意　3.尚可　4.再改進）

封面設計____　版面編排____　內容____　文／譯筆____　價格____

讀完書後您覺得：

□很有收穫　□有收穫　□收穫不多　□沒收穫

對我們的建議：________________________________

____

____

____

請貼
郵票

11466
台北市內湖區瑞光路 76 巷 65 號 1 樓
秀威資訊科技股份有限公司 收
BOD 數位出版事業部

（請沿線對折寄回，謝謝！）

姓　　名：＿＿＿＿＿＿＿＿＿＿　年齡：＿＿＿＿　性別：□女　□男

郵遞區號：□□□□□

地　　址：＿＿＿＿＿＿＿＿＿＿＿＿＿＿＿＿＿＿＿＿＿＿＿＿

聯絡電話：(日) ＿＿＿＿＿＿＿＿＿＿ (夜) ＿＿＿＿＿＿＿＿＿＿

E-mail：＿＿＿＿＿＿＿＿＿＿＿＿＿＿＿＿＿＿＿＿＿＿＿＿